U0006904

看海的地方

文‧圖｜徐至宏

步步出版

執行長兼總編輯｜馮季眉

編輯｜徐子茹、陳奕安

美術設計｜林家蓁

讀書共和國出版集團

社長｜郭重興　發行人暨出版總監｜曾大福

業務平臺總經理｜李雪麗　業務平臺副總經理｜李復民

實體通路協理｜林詩富　海外暨網路通路協理｜陳綺瑩

印務協理｜江域平　印務主任｜李孟儒

出版｜步步出版　發行｜遠足文化事業股份有限公司

地址｜231新北市新店區民權路108-2號9樓

電話｜02-2218-1417　傳真｜02-8667-1065

Email｜service@bookrep.com.tw　網址｜www.bookrep.com.tw

法律顧問｜華洋國際專利商標事務所‧蘇文生律師

印刷｜凱林彩印股份有限公司

初版｜2020年8月　初版二刷｜2022年1月　定價｜320元

書號｜1BTI1029　ISBN｜978-957-9380-67-6

特別聲明：本書僅代表作者言論，不代表本公司／出版集團之立場。

徐至宏 HOM —— 文·圖

看海的地方

畫　家

有時候我倒希望下場大雨，

這樣我反而可以專心畫圖。

窗外的燕子今天不知道要去哪兒？

釣　客

坐在我的搖滾區聽海唱歌，

有時激昂奔騰，有時寧靜抒情。

有沒有釣到魚倒不重要，

只要待在海邊就可以了。

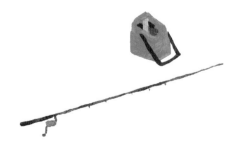

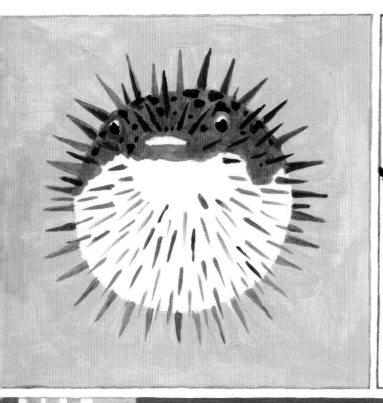

徐至宏 HOM —— 文·圖

看海的地方

漁港駐村筆記

文—— 徐至宏

在因為有駐村機會來到正濱漁港前，我對於基隆這個地方相當陌生，跟大多數人一樣，只有一個先入為主的印象——「陰雨綿綿的山城」。五月中來到這裡時，出了基隆車站，幾隻黑鳶在陰鬱的灰色天空中飛翔，與我腦中畫面相符，就這樣陰霧的天空持續了一個星期後，天氣漸漸轉夏，藍色天空一點一點浮現在漁港的上方，一幕幕顛覆我對基隆印象的港口美景，就這樣出現在眼前。

駐村一個月的時間裡，我三不五時就會到港口散步，幽靜的小港口四周聚集了釣魚的人，安靜的望著前方墨綠的海，沿著港邊走著，來到現在被稱為「彩虹屋」的地方，不太喜歡鮮艷色的我皺起眉頭。後來上網搜尋，找到過去漁港的照片，發現「彩虹屋」以前其實是水藍與白色相間的素雅建築，除了覺得可惜外，也開始用自己的美感打量起這些濃妝艷抹的建築。幾乎每天，在彩虹屋的附近，都可以看到特地來此拍照的遊客，甚至拍婚紗照的新人也來取

景，很顯然，彩虹屋做了最有力的宣傳，對於當地已經是個重要的存在。

每天路過彩虹屋，順著遊客拍照的角度望去，水面上的彩色房屋倒影與天空，在不同時間點的光線下，一同幻化在水面上。我每天在漁港拍了不少照片，藍色的、紫色的、粉紅色、灰色的天空，把彩虹屋的色彩點綴得更千變萬化，且轉瞬即逝。我不知從何時開始，目光也漸漸被吸引住。

後來仔細想想，這本來就無關港邊房子外在的色彩，而是因為正濱漁港這裡的地理環境與歷史，才造就今天復古迷人的模樣，成為今日的漁港風景。

因為駐村，我才有機會去認識臺灣更多的地方，非常謝謝「星濱山 - 正濱港町藝術共創」團隊的邀約，才讓我有充足的時間在正濱漁港這裡發現許多可愛迷人的風景。

徐至宏HOM

臺中人，插畫接案經歷 11 年，為報章雜誌書籍唱片等繪製插圖，同時也創作自己的作品，喜歡嘗試不同的畫風、媒材、技法，挑戰未畫過的風格，四年前開始接觸陶藝，將插畫融入陶藝品中。近年來開始於臺灣各地駐村創作，未來希望能夠繼續從事自己最喜歡的工作，也繼續旅行、創作，尋找生活中的熱血事物。

個人書籍作品：

2015 天津 出版 社《跟它去流浪》
2016 大塊文化出版《安靜的時間》
2017 大塊文化出版《日常藍調》
2020 大塊文化出版《大海的一天》

關於星濱山

「集眾人之力，創造一座山，向著星星共同完成一件事。」 ——星濱山

我們是星濱山，是一群在地文化、藝術和設計相關的基隆青年，透過「體驗經濟」、「文創產品」、「設計服務」作為創意行動主軸，共同構思、推動與實踐，以「藝術共創 Creator In Residence (CIR)」成為在地認識、對話和創作，發起藝術共創工作坊、正濱港灣共創藝術節，增進在地參與，以推動基隆正濱漁港轉型，重塑地域發展新未來。

在 2019 年時 我們舉辦了「大魚來了 - 正濱港灣共創插畫節」邀請 5 位新生代青年插畫創作者駐港創作，HOM 徐至宏、CHIH 制図所、57 Art Studio、Ada、夏仙，與社區、學校及廟宇共同完成插畫作品，有漁船記憶、漁港色彩、港邊氣味、王爺遊江等繪本主題，用繪畫和文字留下故事，因此誕生出這本與土地共同呼吸的繪本，也讓更多人感受到漁港的溫柔和生命。

透過繪本，期望漁港珍貴的生命紋理能被更多人看見，並抵抗時間消逝帶走的記憶與文化。

f 星濱山 - 正濱港町藝術共創
🖥 https://www.zhengbinart.com/
📷 zhengbin.art
✉ zhengbinart@gmail.com
📱 (02) 24636930
〒 20248 基隆市中正區中正路 393 巷 30 號 2 樓

▲ 2019 大魚來了插畫節

▲ 2019 藝術共創工作坊：插畫家阿宏和忠孝國小

女 孩

一個人旅行最自在了。

閉上眼睛，聽到海潮聲，聞到海水味。

漁港裡好多有趣的東西，

慢慢的走，慢慢的看，

慢慢觀察海的模樣。

———— 電 臺 ————

各位聽眾午安！

今天大家到海邊走走了嗎？

在海邊有遇到什麼有趣的事嗎？

歡迎明天同一時間繼續收聽大海ＦＭ電臺！

明日再會～